山梨志賀子短歌集成

桜井　仁　編

山梨志賀子小伝

山梨稲川の母として知られる山梨志賀子は、元文三（一七三八）年、庵原郡西方村（現静岡市清水区）の富農である二代目山梨平四郎治重（了徹居士）と母富《とみ》女の長女として生まれ、幼名を「なか」と称した。白隠の仲介で富士郡今泉村（現富士市）の飯塚与左衛門の第三子である佐助維《これ》（惟）亮《すけ》と結婚し、五男二女をもうけた。

和歌を芝山中納言持豊に学び、『東海道人物志』にも「和哥　山梨志賀子」と掲載されている。妹の須磨女とともに閨秀歌人姉妹として知られ、俳句や茶道もたしなんだ。

『花のしづく』『道の紀行』『春野道久佐』などの著作があるほか、多くの和歌を残している。

文化十一（一八一四）年五月二十五日に七十七歳の生涯を閉じ、一乗寺に葬られた。なお、本書に収めた山梨志賀子の和歌は次の通りである。

『日古登能不二』より	三首
『春野道久佐』より	七七首
『山梨志賀子歌集一巻』	三〇〇首
『山梨志賀子詠草』	二三九首
合計	六一九首

目次

『日古登能不二』より

解題

北條相模守家臣池田安平《やすひら》が主君北條氏の駿府城外守護の重役に赴任した文化四（一八〇七）年九月五日から文化五（一八〇八）年九月四日まで随伴した約一年の間、勤務の余暇に城下をはじめ、近郊の社寺・名勝・文人・墨客を訪ねた折の見聞録である。

凡例

一、『山梨家十代記』（平成三年八月刊）を基に、文化洞から復刻された『日古登能不二』（昭和五十三年十一月刊）を参照して本文を確定した。

１　もてなさんものとてもなし山里は草のみどりをつむばかりなり

２　咲かぬる山の桜のおもかげになほ立ちかかる峰のしら雲

３　夏草のしげみをわけてはるばるととはるもうれししきしまの道

『春野道久佐』より

解題

志賀子五十五歳の折、寛政四（一七九二）年二月から五月にかけての百二十日余り、四男稲川ら四人連れで旅をした紀行文である。駿河から伊勢・京都・奈良・高野山・大坂、さらには厳島を巡り帰って来るまでの旅日記であり、随所に和歌も詠み込まれている。『春野道久佐』の中には八十八首の和歌が挿入されているが、そのうち十一首は他の人の作の引用であるため、志賀子自身の作は合計七十七首である。

凡例

一、『山梨家十代記』（平成三年八月刊）を基に、前田淑編『近世女人の旅日記集』（平成十三年十二月刊・葦書房）、および『本道楽』第十三巻第三号（通巻七十五号・昭和七年七月刊）から第十四巻第五号（通巻八十三号・昭和八年三月刊）までを参照して、本文を確定した。

一、表記は新漢字・旧かなづかいとした。

一、できる限り漢字を当て、読みやすくした。ただし、掛詞の部分と意味不明な部分はかな書きのままとした。逆に、漢字をかな書きにした部分もある。

一、濁点と送りがなを補い、踊り字は漢字またはかなに改めた。
一、明らかに文法上の誤りと思われる部分は、これを改めた。
一、表記・表現が複数ある部分については、『山梨家十代記』の表記を基にし、他の書物のものは（ ）で示した。

1 秋に見し紅葉は夢か宇津の山まだ二葉なる蔦の細道

2 知る知らず同じ心に打ちむれて憂さを語らふ旅の道づれ

3 昼なれど名にあふ小夜の中山に今ふるあめの餅《もちゐ》を売るなり

4 雨雲の立ちへだてつつ古さとの富士さへ見えぬ佐用の中山

5 春霞わけ行く道もときどき□重なる山に鶯の声《(鳴く)》

6 いく千とせ神さびぬらん松檜原しげりあひぬる山のこぶかさ

7 たれか又仰がざらめや秋葉山いともかしこき神の恵みを

8 春霞浪路は遠くへだつれど心ぞ通ふ和歌の友ぶね

9 世を渡る業や苦しき山人の通ふみ谷のそはの掛け橋

10 今朝たちて衣のさとをたづねつつきてこそ見つれ法蔵寺むら

11 旅衣行き来の人にたはむれて袖引きとむるさとのうかれめ

12 さや川を下す舟人みなれども棹の雫に袖ぬらすらし

13 にぎはへる里の名にあふ梅柳いづれ劣らぬ錦とぞ見る

14 神風や五十鈴の川のわたりとて心もきよき宿りなりけり

15 岩ねふみ重なる山を越えつつもなほ道まよふ夕暮の空

16 玉くしげまき絵もかくや《やらん》二見潟波に浮きゆく海人のつり船

17 詣で来るこの宮川の渡し守いくその人の願ひみつらん

18 はれやらぬ雨にぬれつつ旅人の蓑吹かれ《せ》ゆく夕暮の風

19 をやみなき雨にもあるかなあすはなほしほれやそへん旅の衣手

20 さらぬだにかはく間もなき旅衣しほりそへぬる春雨の空

21 岩たたく音すさまじき鈴鹿川八十瀬の波も春雨の頃

22 にほの海に浮かべる舟のほのかにも霞みてかかる勢田の長橋

23 えにしあれば石山寺に詣でつつ岩にも花のさくらをぞ見る

24 鳰の海や深きみどりの色そひて千(百)枝にさかふる唐崎の松

25 山の名の嵐も春は咲き匂ふ花の為にやのどけかるらん

26 三千歳の齢ひものべん此の山の花咲くころの春の眺めは

27 仙人の住家なるらし道まよふ花の錦の桃の林は

28 昔聞けばかたしく旅の袖まくらいとどぬれそふ宇治の川波

29 もの言はぬばかりぞ今も宇治の里に昔のままの人の俤

30 山の名を問はねど白き朝日影露ひかりそふ山吹の花

31 あはれなり扇のしばし立ちよりて見るも涙のいにしへの跡

32 心ある人こそ見ざれ里の名を言はねど色に井出の山吹

33 朝ぼらけ三笠の山を出づる日に露もてりそふ春日野の原

34 旅衣匂ひも袖にこもりくの初瀬の山の花の春風

35 白露を袂にかけて忍ぶかな橘寺の昔たづねて

36 旅衣やつれし袖にかざさばや芋が峠の花を手折りて

37 風に散る花の《を》ねぐらや《に》惜しむらん《し》吉野の山のうぐひすの声

38 たづね来て見るにうれしき三船山春は桜の花の白波

39 旅衣日かず重ねし恨まして花にとけぬるみ吉野の原《花》

40 咲く花に心をとめて行く末のはるけき旅も道も急がず

41 吉野川流れて絶えぬ白浪はたかねの花に風や吹くらん

42 山陰や浮世に遠き古寺のいく千代すまん庭の池水

43 よしあしの世のうき事のさはりなくちとせをつみし雪の笘ぶね

44 妙なれや松の千とせを古寺にみのりを告ぐる鶯の声

45 いや高きみのりの山の山ざくら咲き匂ふ花に鶯の鳴く

46 和歌の浦やまた見ん事もかたを波なほ立ちよりてけふはくらさむ

47 和歌の浦の汐の干潟にあさりつつ《（して）》芦辺の田鶴の千代祝ふ声

48 松の根の波に洗ひて鶴亀のかたちを見する吹上の浜

49 水茎の跡を見るにも浮かぶかな知らぬ昔の人のおもかげ

50 春なればまだうら若き葛の葉を秋に見ぬこそ恨みなりけれ

51 むら雨の頼む影とてよる袖に雫もらすな庭の笠松

52 古さとのゆかりの藤の花かづらやつれし旅の袖にかけばや

53 瑞垣の久しき世より跡たれてここにも同じ住吉の神

54 和田のはら波路うららに真帆片帆かすみて浮かぶ千ふね百ふね

55 山姫のたがため織りてさらすらんたえず落ちくる布引の滝

56 旅ぞうき川(日)も山の端に入相の鐘のひびきを聞くにつけても

57 消えぬ名は今も残りていくよをかふりぬる塚の苔の下露

58 古里の人に語りて聞かせましこのうき旅を家土産にして

59 賤の男の小田打ち返すいとなみはいづくのさとも変はらざりけり

60 春雨に藤戸のむかし忍ばれて旅の衣の袖ぞぬれそふ

61 たづねこし海は昔の名のみにて松にかかれる花の藤なみ

62 和田の原漕ぎ行く舟のほのかにも遠離りぬる跡の島山

63 里の子が打ちたれがみを其のままに野飼ひの牛を放ちてぞ追ふ

64 つりたるる海人の小船の漕ぎつけ《（れ）》てうき世に《（を）》わたるわざぞくるしき

65 宵々の波の枕をしたひきてうきねの床になるる月影

66 波枕思へば遠くに来にけらしいつふるさとへ立ちかへらまし

67 梶枕うきねの夢を《（も）》浦人の網《あ》引《び》きの声におどろかれぬる

68 年月の願ひもけふはみつ潮にひかれきにける神の宮島

69 郭公まだ世に忍ぶ初声は山路を越ゆる我のみぞ聞く

70 石清水ちりも濁らぬ君が世をなほ清かれと神やまもらん

71 ふたもとの言の葉草ぞ名に高きただしき風を世々に残して

72 花はねに帰りし後の跡ふりて見ぬよを忍ぶ二月三月《（此頃のそら）》

73　水に移る影も涼しき夏の夜の月照り渡る瀬田の長橋

74　鏡山なほ立ちかくせみねの雲旅のやつれのかげ見えぬまで

75　名にし負はばいざ立ちよりてむすばましあつさもしばしさめが井の水

76　旅衣ゆききの人にあふみなる袖すりはりの山路なるらし

77　旅衣いく日重ねて立ちかへり富士を見つけの名さへうれしき

『山梨志賀子歌集一巻』

凡例

一、『静岡県郷土研究』第十二輯（昭和十四年三月発行・静岡県郷土研究協会）を底本とした。

一、底本の表記と変えた点は、漢字を新漢字に改めたこと、踊り字は漢字またはかなに改めたこと、濁点を付して読みやすくしたことである。ただし、意味不明な部分には濁点を付けずにおいた。

一、誤字と思われる部分には（　）で正しい文字を示した。

山梨志賀子は初名奈加、後に志賀と改む。了徹居士治重の長女、養子海翁維良の妻、駿河国庵原郡西方村の人なり。(現静岡県庵原郡庵原村)五子あり、四子稲川玄度最も傑出せり。志賀子、家を治むる傍ら、和歌を好み、芝山中納言持豊を師とし、後輩菊池袖子と海道中の閨秀歌人として世上に知らる。文化十一年五月没す、享年七十七歳。庵原村一乗寺に葬むる。歌集一巻、蔵して七世の孫山梨紫朗氏の家に在り、その大半は稲川の筆にして、間々志賀子の自筆雑り、また加筆あるは、芝山持豊卿の筆なるべし。此の程、同氏より借り受け、青灯の下、その完作三百首を写し取れり、蓋し巻中の二分の一なり。袖子の『菊園集』は早く刊本となりしが、志賀子の歌集は、写本として好筆家に珍蔵せらるを聞くも、恐らく出自は此の巻と異なるべし。今、併せ看て校訂する機縁を欠くは、誠に遺憾なる次第なり。

昭和十三年九月四日の夜　　　吉備壽麿識す

(今関寿麿)

1
早春霞
春来ては出る朝日もうららかに霞みに匂ふかげののどけき

2
沢春草
春きてもみどりは今だ深からぬ野沢の水にもゆる若草

3
梅薫袖
我袖を宿りにはせよ咲しより花の香したふ梅のした風

4
花盛開
みわの山印の杉もうづもれて桜にしらぬはるの明ぼの

5
暮春
行春のなごりと思へばいとど猶霞にくもるあり明の月

6
垣卯花
雪かともまがふ垣根の卯の花の光にしらむ窓の明ぼの

7
初時鳥
老の身はまたでこそ聞け時鳥夜半のねざめにもらす初声

8
月前萩
人やとふと萩吹風におどろけば下葉の露に月のやどれる

9
野虫
百草におく白露を吹風にいとど乱るる野辺の虫の音

10
海辺鹿
秋の夜の月もあかしの浦波に心すみてやをしか鳴くらむ

11
住吉の浦吹風のさそふなり遠さと小野のさを鹿の声

12
閑居薄
まねけどもしげれる庭の花薄露ふみわけて来る人もなし

13 ふみわけて尋ねる人もなき宿にたえず尾花の誰招くらん

名所擣衣

14 更くるまでおき居の里に音すなり夜寒の衣打もねずして

朝寒蘆

15 難波江や朝風さむみ置露のかれてぞ立てる波のむら芦

夜　衛《ちどり》

16 小夜更けて須磨の浦波立さわぎ千鳥しばなく声の寒けさ

古郷雪

17 小車のかよひし跡も引かへて雪にたえぬる志賀のふる里

聞恋

18 秋風の人の心に立ちしぞときくより袖に露ぞこぼるる

19
稀恋
憂きながら歳を経にけりたまさかに逢ふ夜を袖のほすひまにして

20
稀に逢ふ我にて知りぬ天の川待ち渡るらむ星の浮瀬を

21
増恋
知らせばや夏野の草の日を経つつ繁さそひ行下の思ひを

22
怨恋
八日行はまのまさごを何なれや積る恨の数にくらべば

23
恋
いつの間にたねをとりてや忘草人の心に生ひしけるらん

24
旅宿
かり寝する草の枕に置く露をたづねて宿す宵々の月

25
旅泊
梶枕浮ねの床の浦なみに袖のみぬれて夢だにも見ず

26
山家松
里遠みとひ来る人を嵐吹く松を友なる山蔭の庵

27
なれぬれば軒端の山の松の風音せぬ夜半ぞ淋しかりける

28
山家橋
あやうくも身を置く山の隠家に住めばうき世と渡る岩橋

29
山家苔
山深く世をいとふ宿の人のみか巌も苔の衣著にけり

30
山家水
濁なき渓の山水結ひあげてすむ世久しき山蔭の庵

31
神祇
神もさぞみたらし川に影すみて濁らぬ君が世を護るらん

32
言の葉の道ある御代をみしめなば絶えずも護れ住吉の神

33
早春鶯
谷河の氷と共に夢とけて古巣を出るはるの鶯

34
沢若菜
田鶴の居る野沢の若菜をり立てて千歳に千代をつみやそへまし

35
松残雪
波ならで年は越ゆれど白雪のつれなく消えぬ末の松山

36
花満山
雲霞立もまがひて桜花咲埋みぬる三吉野の山

37 春田雨
君が代の恵み知られで賤が男がかへす山田に春雨ぞふる

38 時鳥幽
時鳥今一声は村雨の音に紛れて聞きもらしぬる

39 軒蘆橘
古を忍べば軒の立花に俤のこる志賀の古里

40 夕納涼
茂りあふ木の下蔭は吹く風の絶間も涼し夕暮の空

41
夕暮は夏をもよそに白波のよせる涼しき川風ぞ吹く

42 新秋露
吹かはる音ぞ身にしむ秋来ぬと露さへ知らぬ荻の上風

43 七夕契
天の川逢ふ瀬まれ成る契りさへ積れば深き淵となるらん

44 野外鹿
から衣裾野の男鹿音にぞ鳴くうらがれて行く妻やこふらん

45 海辺月
秋の夜のうさも忘れて波の上の月を見る目の浦の海士人

46 紅葉霜
露時雨さしも千しほに染めにしを今朝霜白く岡の紅葉

47 時雨雲
時雨るると見れば程なく山風の尾上遥かにさそふ浮雲

48
山風にはれ行末の村雲の下なる里や今時雨るらん

49
浦千鳥
関守のうちぬる隙と小夜千鳥須磨よりをちの浦伝ふらし

50
慕へどもつまやこぬみの浦千鳥更行夜半に声うらむなり

51
遠村雪
はるかなる隔ての竹は折れふして現はれ見ゆる雪の一むら

52
山家夕
松に吹く嵐も絶えて柴の戸を雪に閉ぢたる夕暮の山

53
名所鶴
住吉の松を千歳の友とてや木蔭になるる鶴の毛衣

54
薄暮卯花
卯の花の盛しられで夕間ぐれ光りことなる玉川の里

55
御祓
水無月の照日忘れて川波のよる瀬涼しくみそぎをぞする

56
七夕琴
夜と共に星のたむけの妻琴にしらべ合する軒の松風

57
秋の末に海辺に宿り侍りて
長き夜に夢も結ばず白浪の枕によする音ばかりして

58
寄川恋
涙川袖はいつしかくちはてて包む浮名の世にもれにけり

59
梅香留袖
さよ風のさそふともなく吹とめてかたしく袖に梅が香ぞする

60
水辺春柳
影うつす水の緑も深き江の岸根になびく青柳のいと

61
六田川波はひまなく洗へども猶色まさるきしの青柳

款冬露
62
さく花の光をそへて山吹の露もはえある玉川のさと

暮春鴬
63
暮れて行春の名残ぞあはれなる古巣へ帰る鴬の声

雲間杜鵑
64
時鳥絶間も見えぬ浮雲のいづくもりくる初音なるらん

照射
65
しらま弓いるさの山にともしする火影に鹿もひかれよるらし

晩蚊遣火
66
里ありと煙に見えて夕間ぐれ立つつきぬる賤が蚊やり火

納涼

67 茂り合ふ松の木かげにやすらへば夏をよそなる風の涼しさ

68 秋かとも岩間の苔をつたひくる音も涼しき山の下水

荻音近枕

69 身にもしみ袖にも露ぞこぼれける枕に近き荻の上風

故郷萩

70 来ても見よあれぬる庭の秋萩の花の錦は露深くとも

山家秋夕

71 秋を経てなれずばいかで絶えぬべき深山の庵の夕暮の空

72 小男鹿の妻とふ声も松風も夕さびしき山の下庵

73
紅葉遍
村時雨春を残して小倉山染尽しぬる木々の紅葉

74
田家秋寒
守り明す小田の庵のいなむしろかた敷袖の露やさむけし

75
落葉埋道
山里は道見えぬまでなりにけり峰は嵐のさそふ落葉に

76
雪中待人
冬の来てあれし籬も白雪の花咲くときぞ人のまたるる

77
網代
氷魚のよる八十氏河の早き瀬に月も流るる波のあじろぎ

78
深夜埋火
更くるまでいく度となくかきおこし寝覚の友と向ふ埋火

79

歳暮急

行年の名残をよそに門の松の立帰る春のいそぎをぞする

80

寄風恋

いつの間に吹きかはるらん人心浅茅色づく秋の初かぜ

81

寄烟恋

空に立浮名もくるし浦の海士のからき思ひにもゆる煙は

82

寄山恋

知るらめや恋の山路にふみまよひなげきの露に袖ぬらすとも

83

寄草恋

今ははや露のなさけも浅茅原色かはり行く人の言の葉

84

寄鏡恋

ますかがみ面影はなほ身にそへてうつるは人の心なりけり

85　峰松風
世をうしと思ひ入にし山里にききこそわぶれ峰の松風

86　遠村烟
高根よりふもとの里のはるかにもありと知られで煙立なり

87　草庵夢
草の戸の露こそあ(ら)うめ夢をさへよなよなさそふ軒の松風

88　述懐非一
見し世をば一かたならず思ふかな立田の紅葉三芳野の花

89　寄鶴祝
雲井より千歳をよばふ声すなり猶行末を契る友鶴

90　菊
置く露のにほひこぼれて行水に千代をくみしる白菊の花

91　幽棲荻
とぢはつるむぐらの門は荻の葉の風より外の音づれもなし

92　野外鹿
妻恋の鹿の思ひにむさしのに明るをはてと音をや鳴くらん

93　晴天雁
雲霧もはれてさやけき月影によむばかりなる雁の玉章

94　枕上虫
きりぎりす涙の露を慕ひ来て樹の下※字足らず（脱字か）になき明す声

95　山館月
柴の庵のねざめの露をとひすてて枕の山に月ぞかたむく

96　海辺月
浦波に浮べる玉と見るばかり光うつろふ秋の夜の月

97
夜擣衣
賤の女の八声の鳥のねをそへて夜寒の衣打明すらん

98
紅葉増雨
いとど猶色こそまされ山里の時雨るるころの秋の紅葉

99
暮秋菊
秋も早末野の原にさく菊の花の色香ぞ霜に老せぬ

100
不言恋
いはじただ忍ぶの森の下草にぬれてたもとはくちはつるとも

101
歎名恋
下もえの思ひの煙いつの間に空に立ぬるうき名なるらん

102
不逢恋
涙川逢瀬もあらば世にもれて流す浮名もよしやいとはし

103 祈神恋
いのるぞよ神に頼みの末かけて引しめなはの長き契りを

104 何れとも人の心のつれなさをいがきのくすのうらみこそそへ

105 不来恨恋
幾夜我とひこぬ人を恋衣うらみ重ねて袖ぞぬれそふ

106 峰上雲
一村の雲はさながら白雪のつもる峰かとあやまたれぬる

107 窓前竹
うきふしのしげきに付て思ふぞよ我とひとしきまどのくれ竹

108 時雨過
むら雨のふるかと見れば吹く風にやがてはれ行空の浮雲

109
伊豆国熱海の温泉にゆあみせんと、きさらぎ末つかた、草の庵原を立出しに、夜は明方にて、しばらく行ほどに鴬の声をききて
朝霞立出でて聞けばくれ竹のしげきは山に鴬ぞなく

110
富士の麓を見やりて
富士の根に降積む雪はそれながらふもとの野辺に霞棚引く

111
千本の松原にて
立ならぶ松も千本の名にし生ひて幾万世の限知られず

112
三島明神にもふで《(まうで)》侍りしに紅梅のいときよげに咲しを見侍りて
神垣に誰手向くらん紅のこそめに匂ふ梅の花が香

是より山をこえて暮方にあたみの宿りに著。うしろは山、前は海原のはてしもなく、雲にまがへてほの見えし船も霞にきえ、沖に初島のちい《(ひ)》さく見ゆるもおもしろく、波路はるかに大島も見ゆ、宿のほとりには出湯のわき出る声は鳴神の音と思ひ、ひる三たび夜三たびゆのけむり立のぼり白雲の

うちより霧のごとくの雨ふり侍りぬ

113 絶えずわきて出湯の煙雲をなし空にしられぬ雨ぞふりくる

此家ゐには外に友とする人もおはさねば誰とかたらふ事もなく、春の日のいとどつれづれ成に夜々は波ただここもとに立くるここちに思ひて、

114 旅衣かりねの袖を敷たへの枕に波の音ぞよせくる

雨いとのどかにふり侍る日うな原を見やりて

115 降る雨に霧も深き海原や沖の小島をはつかにぞ見る

三月三日ひるより雨はやみて風しづかに日もうららかなれば、つれづれとこもり居給ひたらんもくるしきに、いざのどけき海辺におはしませと、宿の主のいふにいざなはれて、浦わにまかり侍りしに塩の千方に人々うちつどひ、岩間の波に袖ひぢて海人のかいつもの取を見侍りて

116 海士人のむれてや遊ぶ塩干潟見るめもはるのうららなる空

117 旅衣うらめづらしくよる浪も霞の袖に立ぞまがえ（へ）る

118
かしこのしづの屋に桃の花さけるを見て
立よりて旅の衣にかさねきむ下ちるももの花のにしきを

119
一日渡辺何がしとやらんへまかり侍りしに、何くれともてなし、
はらからの君たちに琴をしらべさせ給ふをききて
かきならすしらべえならぬ琴のねに旅のうさをも今日は忘れて

120
三月六日雪のふり侍りしに
風にちる花かと見ればさえかへりやよひの空に淡雪ぞふる

121
七日伊豆の御山権現にもふで《まうで》ぬかづきしに、誠に神さび木立物ふりたり、
むかしかまくらの右大臣、千早ぶる伊豆のを山の玉つばき八百万代も
色はかはらじ、と有しを思ひ出て
問はばやな伊豆のを山の玉椿変らぬ色に幾世へぬると
帰るさここ井の森も此ほとりのよし、あないの人いふままに立より侍り
しに桜の花さかりなれば

122 尋ねずば誰も見ましや影うつすここ井の森の花の盛を

123 めでめづる心をくみて神も知れここ井の森の花のいろ香に

海士小船にさほさし、にしきの浦といへる所にまかり海辺の花といへる心を

124 和田津海の波にまがひてさく花をいそ山桜風ににほへる

125 夕日影にしきの浦の名によせてをりなすあやや沖津白波

帰るさ、あしがらにつづきし山をこゆるとて、遠山の花をながめて

126 雲かとぞよそめにまがふ足柄の八重山遠き花の盛は

けふ古さとへ帰る道の桃の花を見て

127 家づとにかざして行かん山がつのそのふの桃の花の錦を

松間梅花

128 常盤なる松にならひて枝かはす梅も千歳の春ににほはん

129
野径雉
かり衣裾野の雉子ねにぞなく子を思ふ道にふみまよふらし

130
花
を《お》しなべて花の盛は吉野山松のみどりもうづもれにけり

131
旅
草枕かりねの床の白露に袖のみぬれて夢もむすばず

132
山新樹
松がえの緑も見えずおしなべて若葉の山に夏は来にけり

133
蛍過窓
呉竹の葉末の露とまがふまで蛍飛びかふ窓のよなよな

134
霧中草花
秋霧のまがきにさける女郎花立よる袖に露ぞみだるる

135 さのみにもたちなへだてそ藤袴花の紐とく野辺の秋霧

閑見月

136 柴の戸にさし入る月の影ならで友こそなけれ秋の山里

137 世のうさも忘れて向ふ山里はこころ澄みぬる秋のよの月

小鷹狩

138 狩衣露も深草わけ行けばうづら鳴くなり秋の夕ぐれ

残菊

139 霜がれの草のまがきに今も猶残りて匂ふ菊の一もと

祈恋

140 いのれども神さへよそにみしめなば長くぞ人はつれなかりける

141
雪中遊興
船さしていざ見にゆかん住の江や岸の姫松雪ぞつもれる

142
詠歳暮
もろ人の松ともしつれ春のくる道に賑ふ年のくれがた

143
春祝
和歌の浦や芦辺の田鶴も声そへて千歳を祝ふ君が代の春

144
折花
家づとに折りて帰らん山桜明日は嵐のさそひもぞする

145
葵
神山やけふのみあれにあふひ草かけてぞ祈る君が千歳を

146
郭公
時鳥五月来ぬればかりてふく軒のあやめのねをもをしまず

147 夕立雲
風早みふるかと見れば夕立のやがて晴れ行く空の浮雲

148 野萩
秋野をわけつつ行けば我ながら袖にうつろふ萩の花すり

149 月前雁
鳴つれて秋の夜わたる雁がねの数さへ見ゆる月のさやけさ

150 擣衣
寝覚して聞けば忍ぶのすり衣音もみだれて打しきるなり

151 千鳥
うきつまにいくよあはての浦千鳥波にしほれて声恨むらん

152 松雪
浦浪のこすかとぞ見ゆる白妙の雪ふりつもる磯の松が枝

153
早梅匂
白雪のまたふる年の内ながらにほひうもれぬ庭の梅がえ

154
花似雪
山風の花のにほひをさそはずば雲かとのみぞ見てや過なん

155
名所花
筑波根のいく木の桜さきぬらんこのもかのもに雲のかかれる

156
花下忘帰
暮ぬとて鳥はねぐらに帰れども家路忘るる花の木の下

157
江帰雁
一つらの文字の姿を江の水にかき連ねつつ帰る雁金

158
秋の末海辺に宿りて
いくたびか夢もくだけて波よする松かね枕浦風ぞ吹く

夜千鳥

159 風さゆる床の浦曲のいそ千鳥幾夜つれなきつまをとふらん

早雪

160 しばしとて葉風もはらへ呉竹の伏見の里に積る白雪

寄川恋

161 我ばかり深くも人を思ひ川人は心のあさせしらなみ

菫

162 紫のゆかりの色のつほ菫はるも末野のかたみにぞつむ

暮春

163 散りはつる花の跡とふ鶯の声も老ぬる春のくれ方

やよひ末の九日に久林寺へもふで《まうで》侍りけるに、わたり近き森に藤の花咲けるを見て

164 御しめ引森の梢の藤かづら暮行く春をかけて留めよ

165 藤かづらゆかりの色にさき匂ふ夏を隣の森のしめなは

更衣

166 ぬぎかへて春の名残も夏衣花の香うすき袖の朝風

首夏

167 今朝は早霞の衣ぬぎかへて木々にも緑の夏の山のは

夏懐旧

168 忍ぶそよ早一とせは立花の昔になりし人のおもかげ

169 うつせみの音をのみぞなく唐衣きつつなれにし人を思へば

170
夕蛙
夕月の影もほのかに里遠き山田の蛙声しきるなり

171
松契多春
十かへりの花の春をもなれて見むみきりの松によはひちぎらば

172
野春雨
萌え出でてまだはつかなる若草を緑に染むる野辺の春雨

173
遠花如雲
たえだえにかかれる峰の白雲はさける咲ざる桜ならまし

174
籬款冬
山吹の咲さふままに朝な朝な露重げなる花の八重がき

175
始尋時鳥
ききてしもそれかとたどる一声のけふぞ初瀬の山時鳥

176
戸外樗
心ある人のとへかしそともなる雨にあふちの花ちらぬまに

177
浦蚊遣火
浦風のよそにはらひて蚊遣火の煙さはらぬ波の月影

178
朝草花
朝日さす秋の野原の百草の露をも花の光とぞ見る

179
初逢恋
新枕かはし初ぬる言の葉の千歳かはらぬ契ともがな

180
枕上聞虫
秋の夜の長きを虫もうらむらし我手枕の露になくなり

181
手枕の露になくなりきりぎりす庭の浅茅に霜や置くらん

182
月似霜
置く霜の白きを見しはそらめにて菊の籬に月ぞてりそふ

183
芦間水鳥
小夜更けて池のみぎわ《(は)》や氷るらん芦間にさは《(わ)》ぐ水鳥の声

184
冬動物
枯はてし芦の葉風も氷る夜に子を思ふ鶴の声の哀れさ

185
雪中早梅
匂はずは花とも見まし白雲《(雪)》のまたふる年の梅の初花

186
初秋露
いつしかと秋立そむる朝風に袖も草はも露ぞこぼるる

187
原上薄
長月も末野の原の花薄暮行く秋を猶招くらん

188

野秋風

草の葉にむすべば払ふ白露の玉のよこ野の秋の夕風

189

白露の結ぶとすれば秋風にやがて乱るる小野のかや原

190

秋夕思

白露ときえにし人を思ふにも猶袖ぬらす秋の夕ぐれ

191

虫声滋

真葛原秋の夜風の更行けばうらむる虫の声ぞひまなき

192

雲外雁

夕日さす雲のはたてに声はしてそことも見えぬ雁の一つら

193

月前風

浮雲のかかればやがて吹はらふ風をひかりの秋の夜の月

194
月前水
山川の岩間づたひに行水の心きよくや月のすむらん

195
月前松
常盤なる松の梢も秋のよの月の霜には色かはりけり

196
山朝霧
山の名の嵐や峰に吹ぬらんふもとに下る秋の朝霧

197
里擣衣
里の名のよさむやわぶる唐衣暁かけてしづが打つ声

198
菊盛久
仙人の手ふさふれけんたねやうゑ(植)てうつろふ色も白菊の花

199
紅葉浅
一しほに染し紅葉も常盤木のあたりは深き色とこそ見れ

200
寄月恋
夜な夜なのさやけき月も曇りけり見し面影をしと（慕）ふなみだに

201
寄夜恋
手枕の夢にや見るとまどろめばあやにくに吹夜半の松風

202
寄川恋
袖に落る涙の川の瀧つせの音は立てくちはつるとも　※字足らず（脱字か）

203
寄松恋
常盤木のかはらぬ色をちぎりしも波こえけりな末の松山

204
波あらき磯辺に立る松がねのあらはれて猶袖ぬらしけり

205
寄苔恋
苔衣うらめど人のきもせねば露のちぎりも結ぶよぞなき

206 寄鳥恋
床はあれて我身うづらのねにぞなくかりそめにだに人の訪はねば

207 寄虫恋
身にかへて思へどせみの羽衣のかさねぬ中はなくかひもなし

208 寄鏡恋
我かけはむかひてもうします鏡などとどまらぬ人の面かげ

209 寄船恋
こがれても入江の小船さはりつつあしのかりにも逢ふ夜はぞなき

210 暁天山
きぬぎぬに誰恨むらん山のはのあかつき深くかかる横雲

211 深夜雨
更けて猶袖ぬらしけりよるの雨降りて傾く柴の庵は

212
窓残灯
明がたに成ぬと見えてかかぐれど窓のともし火影白みぬる

213
山家雲
山深くすむと知られる柴の戸は猶立とめよ峰の白雲

214
古郷竹
ふみわけてとへば袂もぬれにけり露ふる里の庭の蓬生

215
社頭水
いすず川神のながれの君なれば万代までもすまんとぞ思ふ

216
寄松祝
うゑ置きしみぎりの松にならひなば千代も栄《(え)》へよ言の葉の友

217
歳内立春
年はまだくれもはてぬに春の来て雪げも霞なにぞ立ける

218
山霞
さほ姫の霞の衣うすけれど今朝立そむる春の山端

219
春雪
春日野のまだ下もえの若草につもれ《(り)》とけぬる春の淡雪

220
朝鴬
くれ竹のよや明方になりぬらん庭のまがきに鴬ぞなく

221
沢若菜
春風にこほりし水もとけぬめり沢辺の若葉《(菜)》けふやつままし

222
余寒
山ざとは猶風さむみから衣立かさねつつきさらぎの空

223
梅薫風
たが宿の垣根の梅の咲ぬらん花のかさそふ春の夕風

224
行路柳
道のべやゆききの袖にかかりては心をつなぐ青柳の糸

225
春雨
草の庵の軒のいと水長き日に心もはれず春雨ぞふる

226
若草
村ぎえの雪間に見るも朝みどりまだ下もえの野辺の若草

227
春月
雲ならば風もはらはんいく夜半か霞みてはれぬ春の月影

228
帰雁
よびかはしともにこし路の古里へ遅れじとてや帰る雁がね

229
初花
さかりなる比よりも猶めづらしくむかふにあかぬ枝の初花

230
見花
世のうさのきこえぬおくの山桜心もちらで花をこそ見れ

231
翫花
咲匂ふ花を心のたねとして桜の枝にかくる言の葉

232
惜花
さそふともちらぬ桜の花ならば春吹風もなどかうらみむ

233
落花
いかだ士も下しやわびん大井川あらしの山の花の白波

234
籬款冬
たが宿ととへど答へぬ山吹の露重げなる花の八重垣

235
松上藤
さそひ来る松の嵐もにほふまで梢にかかる花の藤なみ

236
暮春
行春も今いくほどか有明の月だにせめて霞まずもがな

237
首夏
昨日見し霞の衣立わかれ青葉にむかふ夏の山の端

238
待郭公
時鳥待はつらしと白雲のたえまに声をもらしかぬらし

239
聞子規
手枕のなみだに添へて時鳥老のねざめのあかつきの声

240
忍びつつ今ぞなくなる庵近き声も若葉の山子規

241
渓五月雨
けふいくか渓のかけはし波こえて人は通はぬ五月雨の比

242
蔓草
日にそひてしげる籬の草むらにまじるもあかぬなでしこの花

243
夏月
払はねば露さへしげき草の戸にさす影涼し夏の夜の月

244
水辺蛍
山川のたつき《（たぎつ）》早瀬に飛蛍せく方もなき思ひなるらむ

245
夕立
夕立のはれ行あとの草の葉にみだれて涼し露の白たま

246
六月祓
麻の葉のよる瀬涼しく流るるは誰水上にみそぎするらん

247
初秋風
軒近き萩の上葉に音たてて身にしむ今朝の初秋の風

248
萩露
置露のちらまくも惜し枝ながら見ばやみぎりの秋萩の花

249
野鹿
さほ鹿のいる野の薄まねけどもよりこぬ妻をうらみてやなく

250
初雁
秋霧の幾重の峰か越えきつつ夜寒の衣雁やなくらん

251
夜虫
秋もやや夜さむしられて露霜になく音ふり行庭のすずむし

252
山月明
秋霧は夕の風に吹はれて山のはのぼる月のさやけさ

253
暮秋
長月の末のの尾花うらがれて招くかひなき秋の別路

254
契恋
忘るなよ共に契は川島の鶴の毛衣年はふるとも

255
旅宿雞
告げ初むる鳥の八声におき出てまだ夜を深みいそぐ旅人

256
山家
山深み柴の戸ぼそは月ならで訪ひ来る人の影だにもなし

257
田家水
せき入るる水も淋しき小山田に住めば住まるるしづがかり庵

258
述懐
よしあしのわきまへなくは津の国のなにはの事のうきもなげかし

259
寄道祝
たれか又あふがざらめや国ほこの道ある御代の君がめぐみを

260
挿頭菊
うつしうゑて老せぬ宿の菊の花千とせの秋のかざしなるらし

261
里擣衣
小夜衣うちいそぐなり月清み桂の里は霜や置くらん

262
浦眺望
浦遠く浪にうかべる漁火のほのかに見えて明る夜の空

263
野旅
露に宿る月を友にて草枕の原にいく夜かりねしつらん

264
落葉埋道
山風やみねに吹らん谷川は道見えぬまで積る紅葉ば

265
依花客来
春風や花の匂ひをつたふらん宿の桜を人ぞとひくる

266
春ごとに猶植ゑそへん山里の花ゆゑにこそ人にとはるれ

寄花祝

267
吹風も枝をならさぬ君が代の春とや花も咲にほふらん

夏月

268
夏山のみどりの若葉吹風の音も涼しき木がれの庭

夏野

269
夏草のしげりあひつついとど猶野中の清水くむ人もなし

夏露

270
夕立の名残の露の白玉もみだれて涼し庭の浅茅生

夏夜

271
夏の夜は夢も見はてずかねの音を明けぬとつげの枕にぞきく

272
夏草
へだてとてかこふまがきも埋れて野原につづく庭の夏草

273
夏虫
夕立の名残の露のあととめて猶もしぐるる蝉のもろ声

274
夏鳥
植ゑかはす門田に鷺の群居つつ蓑毛みだるる風の涼しさ

275
首夏
きなれつる昨日の春の花染もうつればかはる夏の衣手

276
花似雲
わけ入りて今日こそ峰の桜花雲とまがひし空目をぞしる

277
青木
水海やふかき霞の立へだて心あてなる唐崎の松

278
春衣
立寄りて袖に匂ひを移さまし散りての後の花のかたみに

279
社頭松
住吉の神ぞ守らん年毎に栄ゆる松の言葉の道

280
盧橘
昔たがふれにし袖の匂ひぞととひてや見まし檐の立花

281
葵
葵草今朝置く露の玉葛かけてぞたのむ神の誓を

282
六月祓
水上に誰みそぎして流すらん波にたゆと(た)ふ麻のゆふして

283
旅行
又こんと契りおきても旅衣立わかれ行袖をしぞ思ふ

284
とどめてもふりきりやすき夏衣袖に結ばん言葉もなし

庭になでしこをうつし侍りて花のさかりを見てよめる

285
朝夕に花のいろいろさきわけて見るに目枯れぬ大和撫子

梶の葉をうつし植ゑて

286
今年よりたなばたつめにたむけまし移し植ゑたる庭の梶葉

竹鶯

287
呉竹の夜やあけがたになりぬらんねぐらながらに鶯のなく

春月

288
夕間ぐれ霞も深き山端はいでても月の影おぼろなり

苗代

289
苗代の水せき入れてひくしめに秋のたのみをしづもかくらし

290 山川のながれの細くなりゆくは苗代水にせきやつくらん

新樹風

291 花に見し梢もいつか若みどりいとひし木々の風の涼しさ

292 松が枝のみどりも見えずおしなべて落葉の風の吹ぞ涼しき

夕盧橘

293 さらでしも昔をしのぶ夕まぐれ袂にかほ《(を)》る朝の立花

山蝉

294 吹方に声もなびきて夕まぐれ蝉なく山の風の涼しさ

295 夏山のこずゑにしげく鳴蝉のこゑももりくる風の涼しさ

草花露

296 露の玉結びもとめよ糸すすき秋の野風の吹もこそすれ

297
江月
難波江のあしから小船さすさほ(を)もすずしと月にこがれ出らん

298
紅葉
染々し時雨の雲のたえまより見えて色こき峰の紅葉

299
枯野
穂に出でし秋よりも猶身にしむは風も音せぬ野辺の枯萩

300
雪似花
芳野山梢につもる白雪のにほはで花の盛とや見ん

『山梨志賀子詠草』

凡例

一、天理大学附属天理図書館が所蔵する『山梨志賀子詠草』（上・下二巻）を底本とし、田中明編『山梨志賀子詠草』（平成十一年七月刊）を参照して、本文を確定した。

一、表記は新漢字・旧かなづかいとした。かなづかいの誤りは、これを改めた。

一、できる限り漢字を当て、歌意をわかりやすくした。

一、濁点と送りがなを補い、踊り字は漢字またはかなに改めた。

一、師の芝山持豊の添削が随所に入っているが、志賀子の原作の傍に（　）で示した。

一、田中明氏によると、料紙変えの間違いがあるため、歌の順番が一部乱れているとの指摘もあるが、機械的に通し番号を付けた。

そのためか、下の句のみで上の句がない歌が一首あったが、通し番号からは除外した。

一、186・187・188の三首は、寛政四（一七九二）年五月十一日に、芝山持豊の所で行われた歌会の記録の中に含まれている。

「郭公」「鵜川」「樵」の三つの題で、国長・国豊・仲子・梅子・雪子・八重・志賀・千勢・種・弓の十人がそれぞれ歌を詠み合っている。

上

志賀女

早春鴬

1 雪深き谷より出でて君が代ののどけき春をつぐる鴬

2 きのふこそ雪は降りしか明けわたるあしたの原に鴬の鳴く

朝霞

3 朝ぼらけ霞の衣立ち重ね賤機山に春は来にけり

4 朝なぎに(や)漕ぎ行く方も見えぬまで霞みて遠き海士のつり舟

夕梅

5 花の辺は夕日に染めてくれなゐの色も匂ひも深き梅が枝

6 そことなくたそがれ時の花の香に心をとむる庭の梅が枝

庭春雨

7 このごろは庭の木の芽も春雨になほも《いとど》緑の道ぞそひ行く

8 けふ幾日春のながめも山影や《蔭は》いとど淋しき軒の玉水

見花

9 み吉野の山の嵐もしづかなるけふは《ぞ》盛りの花を《と》こそ見れ

10 家路をも忘れてぞ見る山桜さきも残さぬ花の色香に

聞郭公

11 見し夢は覚めてあとなき手枕に山時鳥初音をぞ聞く

12 たづね入る山路の坂の苦しさもさらに忘れて聞く時鳥

五月雨久

13 このごろは軒の玉水たまたまも月だに見えぬ五月雨のころ

14　五月雨に心もとけぬ詠かな日かずふる家の軒の糸水

水辺蛍

15　飛ぶ蛍思ひや深き夏川の水にもけたて（す）もえ渡るらん（かな）

16　池水に雲間の星のうつるかと見えて蛍のかげぞ乱るる

近夕立

17　ここかしと音もとどろく鳴る神の響きの灘を通る夕立

18　山のはに浮雲まよふ風（ひ吹く風）の音に早や降りしきる夕立の空

樹陰納涼

19　立ちよれば袖ぞ涼しき夕間暮秋のけしきのもりの下かげ

20　照る日をも忘るるばかり衣手に吹くも涼しき松の下風

草花露

21 秋の野の千草の花のさまざまに色染めかへて置ける白露

22 まはぎ咲く野を分け行けば我が袖もひとついろなる露の白玉

霧中雁

23 秋霧の幾重の峰を越え来つつ夜寒のころも雁や鳴くらん

芝山家御月次

志賀女

名所鶯

24 まだ咲かぬ花やたづねて吉野山雪に木伝ふ鶯の声

25 春来れば軒端の竹によをこめて寝覚めの里の《（に）》鶯の声《（鳴く）》

山花盛

26 又外にたぐひあらしの山桜色香ぞあかぬ花の盛りは

27 雲かとや《(のみ)》よそには見まし高まどの《(かつらぎや)》峰の桜の花の盛りを

田雲雀

28 面影はあら田の水にうつりつつ雲井に高く雲雀鳴く声

29 うち返す賤があら田に水みちて落つる雲雀の床まどふらん《(し)》

旅行友

30 旅の憂さを共に語りて越え行けばつかれもやらず足柄の山

31 心あれな同じ木かげのやすらひも先の世よりのえにしならずや

岡部新樹

32 越えて行く人さへ見えず夏木立しげりて道もくらはしの岡

33 散り果てて若葉ぞしげる山桜なれてむかひの岡の梢も

34 寄枕雑

宵々の枕はしるや昔より老の寝覚めの涙深《もろ》さを

35 旅衣袖を重ねてしきたへの枕にむすぶ古さとの夢

36 羇旅時鳥

時鳥なほも語らへ夢も見ぬ草の仮寝の旅の枕に

37 なほも《鳴けや》鳴け分け入る道の苦しさも聞くに忘るる山ほととぎす

38 江蛍

葉にすがる露かあらぬか生ひしげる国江の芦に蛍飛ぶかげ

39 三島江や岩に砕けて散る波の玉とまがへ《ひ》て蛍飛ぶなり

40 霧中野花

八千草の花の道さへ見えぬまで秋霧深き《し》小野の篠原

41 よそにても見てましものを女郎花霧のまがきの立ちへだてずば

月前眺望

42 明石潟なみのひ《(寄)》るとも言ふばかり《(知られける)》月に見渡す淡路島山

43 波に照る影を昼間とまがへてや月にも海士の小船漕ぐらん

古寺秋風

44 古寺の入相の鐘も《(を)》さそひ来て身にしむ秋の夕暮の風

45 老いらくの心のちりをはらへとや年ふる寺の峰の秋風

風前時雨

46 時雨つる雲は嵐に《(の)》吹きはらひもりかはりける《(り)》峰の月かげ

47 村時雨はれ行くあとの山風にいとどさやけき峰の月かげ

水鳥

48　水鳥の玉もの床のうき枕凍りやすらんくがに鳴く声

49　浦風に入江の芦のよや寒き友ねのおしの鳴き明かすなり

竹雪

50　小夜深くなほ積もるらん（し）軒近き雪折れ竹の声のひまなさ

51　さやぎつる竹の葉風の音もなし降り積もりぬる雪にうもれて

尋恋

52　たづねても行方やいづこしらぬひの心づくしの人ぞ恋しき

53　杉立てる門とは聞けどたづねても印も三輪の山本の里

冬祝

54　和歌の浦や風納まれる君が世を千代に八千代と千鳥鳴くなり

志賀

霞

55 佐保姫の霞の衣ぬきをうすみ賤機山に春風ぞ吹く

56 春来ぬと朝戸明け見る山の端に霞の衣早や立ちにけり

57 今朝は早や霞の衣うららかに《（たちこめて）》朝日ほのめく《（うららにけふ）》春の山の端

鶯

58 幾とせも変はらぬものは春ごとに軒端の梅に来鳴く鶯

59 春来れば老の寝覚めの友なれや暁ごとに《（の）》鶯の声

若菜

60 若菜あふるあさ沢水にあらねども年をつむにも袖はぬれけり

61 去年よりもふりにし雪の消えやらでもゆる若菜をかきわけて摘む

62 乙女子が雪間の若菜うちむれて摘む手も寒く袖こほるらん（し）

柳

63 春雨に染まるみどりの糸柳露の玉ぬく風やよるらん

64 あさみどり露の玉ぬく糸柳年の緒長く結ぶ（び）そむ（ふ）らん（し）

65 年を経てくり返し見る糸柳の長々し日に春風ぞ吹く

春雨

66 おしなべて恵みあまねき春雨にもえ出づる草の緑そふらし

67 佐保姫の衣はる雨ふるからに緑いろそふ野辺の若草

浦春月

68 霞みつつ月もおぼろの春の夜は明石の浦の名にもたがひて

帰雁

69　しののめに名残をつけてあふ空に鳴く鳴く帰る雁の一つら

70　眺むれば雲井はるかになりにけり霞の中を帰る雁がね

71　鳴きつれて来し地の空へ帰る雁（に帰る雁がねを）老の寝覚めの枕にぞ聞く

72　夢かとよ枕そばだて聞くはなほ声もほのかに帰るかりがね

梅

73　春の風千里の梅のにほひをもひとつになして吹きおつるらん（し）

74　いたづらに匂ふは惜しき梅が香を雲井にさそへ春の山風

75　春の夜の老の寝覚めのたのしさは窓吹き入るる梅の（が香の）下風

秋の末つかた遠江の国へ行く人におくり侍る　志賀女

76 伴はばうれしからまし宇津の山蔦の細道紅葉するころ

神無月残菊を詠める

77 人の世に思ひくらべて見る菊の花のすがたも衰へにけり

78 霜がれて色香残らぬ白菊を老せぬ花と誰か言ひけむ

妹の三十三年にあたり侍りける日懐旧の心を

79 露時雨ふりにし跡を忍ぶにも心に浮かぶありし面影

80 別れにし月日はめぐる小車の跡とふけふの袖ぞ時雨るる

朝霜

81 秋に見し千草の道も冬枯れて霜の花咲くけさの寒けさ

82 出てみればおくれ先だつ旅人のけさしも白き野辺のかよひ路

親しき友どち埋火のもとにて歌詠み侍りけるに

83 更くるをも忘れてむかふ埋火に語るも尽きぬ言の葉の友

夜網代

84 網代守夜や更けぬらん澄む月の影さへ氷るうちの川なみ

85 風寒みかがりのほかげ更くる夜のひをも《（の）》よる瀬の《（も）》うちの網代木

尋恋

86 あひ見しはいつのままなる恋衣たづぬるつま《（人）》にあふよしもがな

87 ふみまよふ人の心も浅茅原もすの草くきありかひもなし

河冬月

88 冴ゆる夜は氷りやすらん立田川落葉に月のなほも照りそふ

89 行きかよふ淀の船をささす棹にいざよふ月の影の寒けさ《（寒きかな）》

峰時雨

90 ふもとには夕日のかげのさしながら峰は時雨の雲ぞ浮き立つ

91 幾度か雲はあらしにつくばねのこのもかのもに時雨降るらし

浦千鳥

92 明石潟月影さむく更くる夜につまなし千鳥うらみとや鳴く

93 海士人も《(こそ)》寝覚めわびしき小夜衣袖師の浦に千鳥鳴く夜は

府中なる玉瑛うしの隠宅《いんたく》をとひまゐらせしに庭の松を見侍りて

94 庭の面の松にならひてことの葉のともとぞ契る千代の行く末

当座

夕時雨

95 時雨るれど夕日はもりて深みどり一入まさる庵の松が枝

96 時雨つつ晴れ間も見えずかき曇り入相の鐘に暮るるをぞ知る

ぬます　白癡主の府中に来たり給ふ旅宿をとひ侍りしに
埋火の本にて琴をかきならし給ふを聞き侍りて

97 琴の音に世の憂きことも忘れけり冬ごもりする埋火のもと

当座などよみかはし「そとゐなく契り忘るな言の葉の道を月日の
照らす限りは」とありしに

98 いく千代も変はらぬ和歌の友千鳥ふみはたがへじ敷島の道

月前雪

99 宵の間の雪けははれて山の端の月にみがける玉敷の庭

100 降り積もる雪の光にましばがきなほ月影の寒き山里

101 心あらば寒さいとひてとへかしな月にみがける雪の山里

菖蒲

102 こひぬまにあふるあやめの長き根はひく白糸とあやまたれぬる

103 蓬生の宿にあやめをふきそへていとど露けく風香るらし（香る朝風）

104 夏引の手ひきの糸と人や見ん軒のあやめの長き根ざしを

雨後夏月

105 夕立は跡なくはれて（のはれゆく道の）庭の面の木の間涼しく月ぞもりくる

106 雨はれてみぎはのあしのみじかよに月も残りて明くる涼しさ

夕立

107 鳴神の音すさまじく夕立の雲間をもるるいなづまの影

108 外山には日は照りながら夕立の過ぎ行くあとに露ぞ乱るる

109 寄雁恋
うき人の音づれだに《（契りつる人のたよりは）》もかきたえて遠ざかり行く雁の玉づさ

110 寄木こりに恋
恋ひわぶる思ひは山と重なりてなけきこる身と人は知らずや

111 春雲
よそめには花かとまがふ山の端の風に吹きちる《（たなびく）》峰の白雲

112 さまざまの姿と見えて天つ空の雲の衣をはる風ぞ吹く

113 七夕
天の川河風涼し小夜更けてたなばたつめの裳裾吹くらし

114 七夕の年に一夜を契りおく逢瀬へだつな天の川霧

初秋

115 今朝ははや軒端の萩の音づれもたもとにしむる秋の初風

116 草はにもあらぬ袖さへ秋の来て乱れて（袂も秋来ては絶えず乱るる）落つる露の白玉

蘭

117 藤袴ぬしは誰とも白露の乱れて匂ふ野辺の夕（秋）風

118 秋の野に誰が脱ぎすてしささがにの糸もて縫へる藤袴かも

下

志賀女

水無月末のころ小島龍津寺といへる御寺に東の方より名だたる聖の
おはしまして「碧巌録」となんいへるを説き給ふ大衆生は百余り
おはしましぬ法の教へを聞き侍りて

119 ありがたや法の教への言の葉に心のちりをはらふうれしさ

この御寺近き所に親しきしるべの方に日を重ねて宿り侍りしに
入相の鐘を開きて

120 何となく聞くは涙ぞこぼれけり(る)けふも暮れぬる入相の鐘

この家居は少し高き所にて前に谷川へだててむかふに煙の立つを
見て

121 立ち並ぶ賤が藁家の二つ三つ煙は同じ蚊遣りなるらん(し)

宿の主の何くれともてなし給ふ心のへだてなく侍れば

122 朝夕に心もきよく澄ますらし細谷川の水にならひて

123
山川の岩間づたひに行く水を見るも涼しき木がくれの宿

蝉の声を聞きて

124
夕風も木々の葉末《（末葉）》に吹き落ちて時雨るる蝉の声の涼しさ

ひと日うた女のもとへたづね侍りて

125
夏草を分けつつたづね来にけらし心も深き言の葉の友

126
山里のこの住居こそとばかりにうらやまれぬる草のかり庵

しばし語らひ侍りて宿りに帰るいなづまを

127
折々に照らすと見ゆる草の戸におどろかれぬる宵の稲妻

128
夕立に軒の山川水増して岩もる音に夢もむすばず

昼より雨はれぬればいとま申して帰るさ清見寺に詣で侍る庭の築山
うらのきうきよく泉とかや唐人の名づけ侍る瀧つせ水かさそひて

いとどおもしろき詠み侍る

129 くり返し見るも涼《（し）》しき夏山の木の間を落つる瀧の白糸

130 夏霞へだつと見しも立ち帰り霧の絶え間を渡る雁がね

野鹿

131 佐保鹿のゐる野のすすき招けども寄り来ぬつまを恨みてや鳴く

132 小夜更くる嵐の末に聞こゆなり遠さとをのの佐保鹿の声

深夜月

133 宵の間の雲は嵐に吹きはれて更けてさやけき山の端の月《（さやかに更くる秋の月影）》

山紅葉

134 夕日さす木々の紅葉に《（の）》照りそひて錦に染まるをち《（秋）》の山の端

初冬時雨

135 今朝は早や冬来にけらし山風の時雨をさそふ峰の浮雲

河氷

136 流れ行く波の音さへ絶え絶えに氷にむせぶ谷川の水

137 風寒み谷の小川も氷りては下行く水の音も聞こえず

連日雪

138 めづらしと庭の草木に見し雪の行き来も絶えて日かずをぞふる

浦千鳥

139 浦風のいかに吹くは（寒くし吹くは）か清見潟夕なみ千鳥立ち騒ぐらん（声）

140 村千鳥友まどはして風早の恨みてや鳴く夕暮の夢

夜神楽

141 神垣や八十《（神の）》氏人の円居して夜すがら歌ふ榊葉の声

142 笛竹の夜も更けゆけば声さえて歌ふも寒き神の宮人

忍恋

143 世にもるうき名をだにもいとはずば袖の涙をさのみつつまじ

144 せき返しつつむとすれど目にもるる涙の露に袖ぞぬれぬる《（ぞ袖につつみかねぬる）》

不逢恋

145 契りにしその日ばかりはお車のめぐれどあはぬ人のつれなさ

146 さりともと思ふ心をなぐさめに年月へだつ《（逢はぬ）》仲ぞ苦しき

待恋

147 聞くもうしとひ来ぬ人を松の戸に音つれて行く庭の小夜風

148
聞きわびぬ待つにむなしく来ぬ夜半の枕に響く暁の鐘

149 遇不逢恋
荒磯のみるめ《（二夜とは逢ふ事）》も波のうつせ貝思ひくだけて世をつくせとや

150
焦がれても寄る辺も水のうたかたの逢はでや朽ちんあまの捨て舟

151 恨恋
恨みても甲斐こそなけれ海士衣みるめも絶えし中の契りは

152
思ひわび夜の衣を返してもうらみるほどの夢だにもなし

○
□草の枕に虫の鳴くらむ《（ぞ鳴くなる）》

153 秋田
住吉の岸田の穂波吹き立ちて露の玉散る秋の松風

154 小山田のかりほの庵のいなむしろかたしく袖の露ぞ寒けき

海辺月

155 澄みわたる難波の浦の秋の月芦のよなよな海士も見るらし

156 海士人の焼くもしほ《（もしほ焼く）》火のけむりより外にくまなき秋の夜の月

独見秋月

157 淋しさも月に忘れて夜もすがら《（忘れて月を夜とともに）》ひとり見山の松の下庵

158 円居せし昔の友を忍ぶかな見しに変はらぬ月に向かひて

暁月

159 暁の寝覚めの床に置く露もさやかに見えて宿る月かげ

160 暁になりぬと見えて有明の月にかかれる峰の横雲

秋夕

161 人とはぬむぐらの宿は鳴く虫の声を友なる秋の夕暮

162 秋霧の見え隠れなる山里のけむりさびしき夕暮の空

擣衣驚夢

163 小夜衣（秋風の）打つ声さそふ秋風（小夜衣）によその夢まで驚かすらん（しけり）

164 手枕のあたりに近き小夜擣衣打ち驚かす暁の夢

暮秋露

165 暮れて行く秋の名残や惜しむらん尾花が袖も露ぞこぼるる

166 惜しむなる秋も末野の白露にすだく虫さへ声弱るなり

寄鐘恋

167 契りをきし人の言葉（の葉）もいたづらに待つ夜更け行く暁の鐘

寄衣恋

168 重ねしもその夜のままに恋衣中にへだてて逢ふよしも（ぞ）なき

169 から衣たち別れ行く暁の涙の露をしのぶもぢずり

寄帯恋

170 解けてだになほ頼まれず月草のはなだの帯のうつり安きは

171 先の世に結びや置きし今宵しも末長かれと解くる下帯

寄糸恋

172 かた糸の思ひ乱れて苦しきは人の心のとけぬなりけり

173 色ごとにけむればそむる白糸のうつろひ安き人はたのまじ

寄鏡恋

174 俤のなほもたちそへます鏡うつろふ人のかたみとも見ん

175 うかりける人は見えこでます鏡面影ばかり身には立ちそふ

関路雨

176 関の戸は鳥にあくれど降る雨に行き先暗き足柄の関

177 三保の浦や心を寄するやすらひに晴るる清見の関の村雨

旅宿夢

178 草枕一夜かりねの夢だにも結ぶともなき峰の松風

179 難波潟一夜かりねの夢をさへ吹き驚かす峰の松風

山家鳥

180 柴の戸の外面になれて村鳥の鳴く音もさびし夕暮の空

181 いとへどもまだ深からぬ山里はとなりにつくる暁の鳥

述懐

182 いつの間に老いにけらしなうば玉の黒髪山に降れる白雪

183 難波潟何かは人を恨むべきよしあしともに仮のうき世を

社頭祝

184 住吉の神ぞ知るらん君が代を松の千とせと祈る心は

185 宮柱動かぬ国の君が代を千とせもまもれ松の尾の神

郭公

186 手枕の涙な添へそ子規老の寝覚めの暁の声

鵜川

187 鵜飼舟さすほどもなくかがり火の影しらみゆく夏の夜の空

樵

188 岩根踏み重なる山の苦しさもなれてや安く越ゆる柴人

詠草

名所花

189 分けのぼる梢のみかは心まで《（人の心も春はただ）》花になりゆくみ吉野の山

苗代

190 うち返す門田に水をせき入れて苗代いそぐ里のますら男《（此頃いそぐ賤が苗代）》

暮春鶯

191 数ふれば残る《（春の）》日かずも程なきに聞き古されぬ《（古巣いそがぬ）》鶯の声

三月尽

192 眺め来て《（いつしかと）》残る日かずも今日のみと春も尽きぬる入相の鐘

立秋

193 今朝は早や桐《（桐の葉もかつがつ）》の葉落ちて筒井つのいつしか涼し《（散って）》秋の初風

194 散りそむる桐の一葉の上に待つ早くも置ける今朝の白露

閑庭秋来

195 八重むぐら道見せぬまでしげりあふ中吹き分けてつくる秋風

196 荒れ果ててとふ人もなき（人もとひ来ぬ）庭もせの浅茅が露をはらふ秋風

197 とぢ果てしむぐらの宿のさびしさに一葉を散らす今朝の秋風

霧

198 立ちこめし霧吹きはらふ秋風に遠里見えて急ぐ旅人

199 朝ぼらけ霧のまがきをへだてにて隣ありとも見えぬ山里

雁

200 小夜更けて初雁がねの聞こゆなりたが玉づさをかけて来つらん

201 もの思ふ人や見るらん大空に書きつらねたる雁の玉づさ

202 眺むれば有明の月ほのかにて山の端遠く渡るかりがね
（有明の月ほのかなる山の端を鳴きつつ渡る天つかりがね）

槿

203 きのふより今日はまがきにかずそひて露のひもとく朝顔の花
（ひもとく花の露の朝顔）

204 これもまづ秋のあはれの初めかや日かげ待つ間の朝顔の花

籬槿

205 あだなりと誰か言ひけん置く露もまがきにあまる花の朝顔

虫

206 ささがにの糸引きそふる百草の花の錦や虫もおるらん

207 鳴く虫の声いろいろの浅茅原音を吹きさそふ野辺の秋風

208
虫の音とともに鳴きてや明かさまし昔をしのぶ老の寝覚めを

寄月恋

209
うき人をかこてる袖の涙とも知らでや月の影宿すらん
（来ぬ人を待つ夜更け行く袖の上の涙に月の影ぞ宿れる）

210
眺むれば恋しさまさる有明の月に覚ゆる人の面影

月

211
更け行くも月にわすれて秋の夜の鳥の八声に驚かれぬる

212
照る月に稲穂の穂波うちそよぎ散る露見ゆる秋の小夜風

213
宵の間のへだてし雲は吹きはれて月を見せたる夜半の秋風
（空すみわたる月の秋風）

待月

214
待ちわびし山の端出づる程見えて月影にほふ峰の横雲

215

新たに庵をむすびかへし人のもとにて

住みかへてむすびし庵に照る月の秋や千歳の初めなるらし（幾千かと契る行く末）

216

寄扇恋

取りかへてまたもあふぎの名のみにてかたみにならすねやの秋風

217

秋も半ばのころ、久林寺に詣で侍りしに主の僧のいづちへ
往に給ふやらん見え侍らざれば

たづねこし庵はむなしき草の戸にたれまつ虫の音もあはれなり（声ぞ聞こゆる）

218

虫の音も千草の花もいろいろの秋の錦の山かげの寺

田家秋興

219

秋の田の畦伝ひしてうなひ子が拾ふ落ち穂に今日も暮らしつ

220

秋風にほむけかたより（吹き渡るほむけの風に）小山田のひかぬ鳴子に騒ぐむら鳥（の音もひまなき）

草花露

221 置きしより風になびきて《（打ちなびき立たずも風に）》白露の玉も《（と）》乱るる秋萩の花

222 朝日かげひかりを添へて秋の野の千草の花にそむる《（むすぶ）》白露

山家鳥

223 山田もる庵は露けきいなむしろ鳴子に騒ぐ鳥の音ぞうき

224 山里の秋の寝覚めに聞くも憂し暁ごろ《（ふかき）》の鴫の羽根かき

秋田

225 夕露のおく手の稲葉穂に出でて刈りし穂見する《（かりいほ寒き）》秋の山里《（風）》

葉月末つ方木枯の森へ心ざし府中のしるべの方に宿り侍りしに
秋の雨いとのどかに一日二日をやみなう降り続き侍りければ
つれづれをなぐさめとて宇津保竹取の物語を出だし見せ
給はりしに

226 古き世の言の葉草におく露のながめにあかぬ文の巻々

今日は空も晴れやかに侍れば阿辺川《(安倍川)》を渡り手越といへる所に
ある人の手すさみに峰高からぬ山にあまた桜を植ゑてみ吉野を
うつせし所あり下草は秋萩の花ざかり錦とも見ゆ思ふどち
ふたりみたり伴ひかしこにまかり頂より阿辺川《(安倍川)》を越ゆる人を
見下ろし侍りて

227 白雲と春見し山の花の枝に秋は桜の紅葉しにけり

228 寄りながら萩の錦を織り敷きて行き来の人を木の間にぞ見る

これより丸子誓願寺に一夜宿り侍りしに山里の淋しき夕暮
虫の声もいとわびしくて

229 ことわりと思ひながらも山寺の秋の夕べはわけて淋しき

230 草枕仮り寝の宿をとひがほに夜すがらすだく虫の声々

（むすぶ仮り寝の庵近み夜深く）

松風木末に吹き過ぎて鹿の音はるかに聞こゆ常のすみかならぬ心地も夜の更け行きにあはれに覚えぬれば

231 旅衣うつの山辺のうつつにもつま恋ふ鹿の声のあはれさ

232 寝覚めして来し方思ふ暁におのへの鹿の声かすかなり（ぞ聞こゆる）

明くれば吐月峰柴屋寺にまかり侍りて宗長居士の手なれし一夜切とならひに冷泉前大納言為村卿の納め給ふ笛竹に添へ給ふ和歌を寺僧に請ふて見奉り侍りて

233 柴の屋によよをこめたる笛竹のその言の葉の昔をぞ思ふ

これより帰るさに山を越ゆるこの坂を盗人坂と人の教ふれば

234 吹く風に招く尾花はしら波の寄すると見ゆる山路苦しき

心細き山道をたどり侍りて

235 蔦かづらまどふ《（しげき）》山路の鹿の音をかすかに《（ほのかに）》送る峰の秋風

山川の流れにしばし休らへば梢の栗風に落つるを見侍りて

236 もみぢ葉の流れもあへぬ山河に落ちてしからむ峰のささ栗

分け行く道も山深く里ありとも知れざりしに砧の音聞こえぬれば

237 打つ声も《（は）》さだかならねど唐衣すそ野の里や近づき《（らなる）》ぬらん

程なく牧ヶ谷とかやいへる里に出藁科川を越え木枯の森に

詣で着きぬいと神さびおもしろき所のさまなり

238 秋風に露も結ば《（乱れて）》ぬ浅茅原虫の音さそふ木枯の森

239 笛の音も吹き合はせぬる神風やここも名に負ふ木枯の森

後記

静岡で短歌を作っている者にとって、かつてこの地で、どんな人物がどんな作品を作っていたのか、たいへん興味が湧くものである。幕末駿河歌壇史研究の一環として、『三叟《さんそう》和歌集』と『蔵山《ぞうざん》和歌集』の二冊を上梓したきっかけもそれである。

このたび駿河歌壇史研究の第三弾として『山梨志賀子短歌集成』を世に問うことにした。山梨志賀子は現在の静岡市清水区の出身であり、漢学者として著名な山梨稲川の母である。志賀子も文才に富み、多くの作品を残したが、散逸したり焼失したりして、そのすべてが残っていないのは残念である。

そこで、現在入手し得る短歌をできる限り正確に後世に伝えたいとの思いから、『山梨志賀子短歌集成』の刊行ということになったのである。

ある歌は志賀子の残した紀行文や随筆の中から抽出し、ある歌は先人の研究者の業績の恩恵をこうむり、何とか一冊にまとめあげることができた。とはいえ、不備や誤りも多いにちがいない。いつの日か真の『山梨志賀子全歌集』が完成することを夢見つつ、後進の研究を待ちたい。

最後に、本書の刊行にあたり、山梨稲川研究の第一人者である常葉大学短期大学部の繁原央名誉教授からは励ましのお言葉をいただいた。また、故田中明氏には、その著作を大いに参考にさせていただいた。宮下拓三氏には、文字解読にご協力いただいた。同時に、山梨家のご理解をいただき、刊行することができた。

羽衣出版の松原代表には、『三叟和歌集』と『蔵山和歌集』に引き続きお世話になった。改めて皆様に感謝の意を表したい。

世界中が新型コロナウィルスと戦っている

令和二年四月

桜井　仁

〈編者紹介〉

桜井　仁（さくらい　ひとし）

昭和28年静岡市生まれ。

國學院大學文学部卒業・同専攻科修了。

常葉大学非常勤講師・利倉神社宮司。

歌誌「心の花」所属。日本歌人クラブ東海ブロック幹事。

静岡県歌人協会常任委員。静岡県文学連盟運営委員。

著書に歌集『オリオンのかげ』『夜半の水音』『アトリエの丘』『山の夕映え』『母の青空』、句集『はつ夏の子ら』『峡の風花』、共著『静岡県と作家たち』『新静岡市発生涯学習20年』、編著『校訂 三叟和歌集』『蔵山和歌集』などがある。

現住所：〒420-0913　静岡市葵区瀬名川2-19-23
TEL・FAX：054-261-2090

山梨志賀子短歌集成

令和二年五月二十五日発行
定価　本体二二七三円＋税

原著者　山梨志賀子
編　集　桜井　仁
発行人　松原正明
発　行　羽衣出版
〒422-8034
静岡市駿河区高松3233
TEL　054-238-2061
FAX　054-237-9380

ISBN978-4-907118-53-2 C0092 ¥2273E

羽衣出版の郷土資料

『復刻　静岡県史跡名勝誌』
県が大正11年に編集した史跡名勝集成
駿遠豆の史跡名勝３６７カ所と当時の写真
Ａ５・上製・３４８頁・５３４０円

『写真集　静岡県の絵はがき』
故郷の懐かしい風景２２００景
明治〜昭和の県下各地の風景が総登場
Ａ４・上製・４５０頁・２９１２６円

『建穂寺編年　現代文訳』石山幸喜訳
幻の寺といわれる建穂寺寺史の現代文訳
白鳳13年から享保20年の出来事を記録
Ｂ５・上製・２２０頁・２８５７円

『東海道名所図会　復刻版』
寛政９年版を原寸大で忠実に影印復刻
宿場・古跡・名物など挿絵３００図入
Ｂ５・上製・９２０頁・１４２８６円

『国学者小國重年の研究』塩澤重義著
森町小國神社中興の祖、歌格研究「長歌詞珠衣」で知られる小國重年の一生と業績
Ａ５・上製・３２０頁・４７６２円

『南豆俚謡考』足立鍬太郎著
南伊豆各地の俚謡を収録して分類考察
大正15年謄写版刷りを活字化３００部
四六・１０８頁・１１４３円

『南豆神祇誌　復刻版』足立鍬太郎著
南伊豆各地の神社の考察と研究の書
昭和３年発行の希覯本を３００部復刻
四六上製・２９０頁・２３８１円

『豆州志稿　復刻版』秋山富南原著
寛政12年編纂の『豆州志稿』13巻と寛政３年の『南方海島志』２巻計15巻の影印本
Ａ４・上製・３８８頁・１１４２９円

『駿河記絵図集成』
文政５年成立の『駿河記』付図の完全影印
原著者桑原藤泰の自筆絵図１７９景
Ｂ５・上製・４２８頁・１２０００円

『聖一国師年譜』石山幸喜編著
応永24年編纂・元和６年板行の原本影印・翻字・現代文、生誕から入寂までを記す
Ｂ５・２３２頁・１９０５円

『慶喜邸を訪れた人々』前田匡一郎著
「徳川慶喜家扶日記」による慶喜の静岡での30年と慶喜邸を訪れた人々の人物像
Ａ５・上製・３１２頁・３３３３円

『東海道人物志・賀筵雲集録　復刻版』
大須賀鬼卵・田原茂齋著
享和３年と天保初年の東海道筋の文化人人名録ともいうべき２種の稀覯本を影印復刻、合本
Ａ５・１４０頁・３３３３円

『和歌駿河草　復刻版』志貴昌澄原著　飯塚伝太郎編
寛延２年成立、地域別に古歌を編纂した駿河名所和歌集。昭和22年出版の活字本を復刻
Ａ５・96頁・２８５７円

『静陵画談　復刻版』石井楚江著
駿河・遠江の近世・近代郷土画人伝。半香・顕齋・茜山らを豊富な逸話で語る。明治44年刊を復刻
Ａ５・１４４頁・３３３３円

『駿河安蘇備　影印本』永田南渓著
嘉永４年成立の未刊の駿河地誌を初出版
諸本の考証と踏査による駿河名勝地誌
Ｂ５・３４０頁・７４２９円

『今川一族の家系』大塚勲著
鎌倉期の初祖国氏から室町期の範政・範忠、戦国期の氏親・義元、そして氏真とその末裔まで、今川一族の事跡を古文書での考証を基に詳細に解明。
Ａ５・１４４頁・２３１５円

『校訂 三叟和歌集』桜井仁編
花野井有年ら３人の和歌集。
四季などを季題とした１６２首を収載。
Ａ５・５４頁・１６６７円

『蔵山和歌集』桜井仁編
有年ら幕末駿府の歌人31人・３２１首が収載された和歌集。
Ａ５・９６頁・２０３７円

※一部に品切れ本があります。
お問い合わせください。

（価格は税別）